어쩌면 이것들은

한 국 대 표
명   시   선
1   0   0

이 우 걸

어쩌면 이것들은

시인생각

■ 시인의 말

창을 가끔 닦는다. 요즈음은 창이 쉽게
맑아지지 않는다.

그래서 쉬엄쉬엄 닦다가 다른 생각에
젖어 창을 닦는 목적을 잊어버리곤 한다.

거친 세상 때문일 것이다. 나의 시작詩作
또한 그러하다.

이 우 걸

2 어쩌면 이것들은

3 관계

1

소금

팽이

쳐라, 가혹한 매여 무지개가 보일 때까지
나는 꼿꼿이 서서 너를 증언하리라
무수한 고통을 건너
피어나는 접시꽃 하나.

소금

불면의 시대를 각으로 떠서 우는
부패한 시대를 모로 막아 우는
짜디짠 너의 이름을 소금이라 부르자.

마침내 굴욕뿐인 이승의 현관 앞에서
네가 걸어와야 했던 유혈의 가시밭길
이고 진 번뇌의 하늘 그 또한 얼마였으리.

이제는 지나간 역사의 창이라지만
어느 누가 염치없이 네 이름을 훔치려 하나
소금은 말하지 않아도 제 분량의 영혼이 있다.

사무실

시계가 눈을 비비며

열두 시를 친다

반쯤 남은 커피잔은 화분 곁에서 졸고 있고

과장은 혀를 차면서 서류를 읽다 만다.

문은 굳게 닫혀 있고

의자들은 말이 없다

창밖엔 클랙슨 소리 목 쉰 확성기 소리

자세히 들여다보니

벽에도 금이 가 있다.

구두

조금씩 지루할 무렵

그가 구두를 사 준 적 있다

구두가 지저분하면 스타일을 구긴다며

구겨진 자신의 스타일은

눈치채지 못한 채.

차창 밖에 봄이 와서 꽃들이 수다를 떨고

방금 본 무지개처럼 추억이 선연하다

그 역에 닿으면 먼저

구두부터

닦으리라.

섬

너는 위안이다. 말 없는 약속이다.
짓밟혀서 돌아오는 어두운 사내를 위해

누군가 몰래 두고 간
테라스의 불빛 하나.

단풍물

가을에는 다 말라버린 우리네 가슴들도
생활을 눈감고 부는 바람에 흔들리며
누구나 안 보일만치는 단풍물이 드는 갑더라.

소리로도 정이 드는 산 개울가에 내려
낮달 쉬엄쉬엄 말없이 흘러보내는
우리 맘 젖은 물속엔 단풍물이 드는 갑더라.

빗질한 하늘을 이고 새로 맑은 뜰에 서보면
감처럼 감빛이 되고 사과처럼 사과로 익는
우리 맘 능수버들엔 단풍물이 드는 갑더라.

어머니

아직도 내 사랑의

주거래 은행이다

목마르면 대출받고 정신 들면 갚으려 하고

갚다가

대출받다가

대출받다가

갚다가…

안경

껴도 희미하고 안 껴도 희미하다

초점이 너무 많아

초점잡기 어려운 세상

차라리 눈감고 보면

더 선명한

얼굴이 있다.

나사 · 2
— 삼풍백화점

1

나사가 나사일 땐 나사인 줄 몰랐다
병든 자본의 가지 끝에 앉아서
마지막 조립을 위해 피 흘리던 손이여.

무너진 계단 밑에서 잠이 든 너를 보며
으깨진 사체 속에서 일어서는 너를 보며
어둡고 아름다운 세상의
나사를 생각한다.

2

일기를 쓰기 위해 안약을 넣는 저녁
따스함도 희망도 애써 넣어 보지만
창밖엔 수의도 없이
떠도는
7월이
깊다.

기러기 · 1

죽은 아이의 옷을 태우는 저녁

머리칼 뜯으며 울던 어머니가 날아간다

비워서 비워서 시린

저 하늘 한복판으로

혈연

아직도 본 적 없는 외손녀 사진이 왔다

갸름한 얼굴과 도톰한 입술을 가진

눈빛이 따스한 천사를

거실에 모시려 한다.

서럽고 외로워 잠을 못 이룰 때

용서할 수 없어서 주먹을 불끈 쥘 때

이 사진 바라보면서

나를 타이르리라.

다리미

한 여인이 떠났습니다, 월요일 자정 무렵
아들, 딸은 멀리 있었고 아무도 몰랐습니다
가끔은 들렀다지만
온기라곤 없었습니다.

식은 다리미처럼 차게 굳어 있었습니다
그 다리밀 데우기 위해 퍼져있던 코일들이
전원을 찾아 헤매다
지쳐 눈을 감았습니다.

한때는 뜨거운 다리미로 살았겠지요
웃음도 체온도 나눠주던 얼굴이지만
전원을 잃어버리자
그만 눈을 감았습니다.

2

어쩌면 이것들은

비

나는 그대 이름을 새라고 적지 않는다
나는 그대 이름을 별이라고 적지 않는다
깊숙이 닿는 여운을
마침표로 지워 버리며.

새는 날아서 하늘에 닿을 수 있고
무성한 별들은 어둠 속에 빛날 테지만
실로폰 소리를 내는
가을날의 기인 편지.

어쩌면 이것들은

가을 꽃잎 같은 아이들 찬송가 소리

정원은 일어나서 잎새의 작은 귀로

교회당 흰 벽에 쌓이는 노래를 듣고 있다.

섬길 이 없어도 고운 한나절 그 봄날을

하늘엔 마음처럼 둥둥 구름이 가고

햇볕은 가지에 닿아 천사의 얼굴을 한다.

어쩌면 이것들은 어젯밤 꿈이었을까

바람이 무심히 와서 나뭇잎을 흔들 때에도

그 속엔 반도 변경의 칼소리가 숨어있다.

주민등록증

가느다란 가지 끝에 새처럼 앉아 있었다
가지들 흔들릴 때면 옮겨가며 앉아 있었다
옮겨간 그 가지마다 너는 나와 함께 있었다.

이제 남은 반백과 희미해진 지문 앞에서,
손 흔들 사이도 없이 빠져나간 시간 앞에서,
나라고 외치는 너를 물끄러미 바라본다.

지상에서 나의 기거를 증명해온 기록이여
숨 가쁘게 달려온 내 삶의 향방이여
수십 번 넘어지면서도 웃고 있는 얼굴이여.

옷

1

할머니 한 분이
수의를 다리고 있다
다가올 여행을 위한
설레이는 준비라며,
노을이 마루 끝까지 조심조심 깔리고 있다.

2

애육원 뜰 앞엔 두 소녀가 앉아 있다
연보라 티를 똑같이 입고 있다
언니가 보라는 듯이 싱긋 손을 흔든다.

모란

피면 지리라

지면 잊으리라

눈 감고 길어 올리는 그대 만장 그리움의 강

져서도 잊혀지지 않는

내 영혼의

자줏빛 상처.

새벽 교회 종소리

새로 여는 이승 하늘을 기도 같은 음결 하나
그 파신破身의 울음이 절며 찾아 나선 세상에는
희디흰 거부의 손만 버섯처럼 눈을 뜬다.

문 열어라 문 열어라 문 열어라 문 열어라
십 리 밖 가슴속까지 병이 되어 깊어 와도
철망의 우리 담장엔 살을 에는 바람이 산다.

결국은 동구 밖쯤서 물소리로 섞이고 마는
우리네 가슴에 와선 한 번 물어보지도 못하는
때 없이 선량하기만 한 저 공복의 종소리.

만년필

묵은 앨범의 먼지를 털다가
우연히 녹이 슨 만년필을 발견했다
스스로 울음 울면서 한 시대를 기록하던 것.

몇 번이고 다시 잡고 대화를 건네 본다
"서툴러도 때 묻지 않았던 그 마음이 그립다"고
녹이 슨 그의 얼굴은
아무런 대답이 없네.

만년필은 물이 마른 호수처럼 금이 가 있다
만년필은 인적 끊긴 호수처럼 적요하다
그처럼 나의 인생도
멀리 와 있을 것이다.

부록

1

각주도 나보단 팔자가 낫다고
뒤 페이지에 앉아서 투덜거릴 때가 있다.
세상이 그런 불평을 받아 주진 않지만.

서언序言처럼 유려하게 얼굴을 내밀 수 없고,
결론처럼 화끈하게 주장을 펼 수 없다는,
카니발 뒷좌석에 앉은
부록들의
불만을

2

아내의 성화에 못 이겨 전셋집을 옮기고,
아들의 고집으로 전학을 시키면서,
김 씨는 어쩌면 자기가
부록 같은 생이라고?

눈

환각제 가루 같은
흰 눈이 내리고 있다.

버려진 지구의 육신을 문지르며
은밀히 감춰 두었던 어둠과도 입맞추며.

눈은 내리고 있다
일순의 현란한 위장
사람들은 말없이 창문을 닫고 있다
잠 깨면 다시 맞이할
덧없는 혁명 같은….

의자

이미 예비해 둔 신의 계시처럼
식탁 위에 놓여있는 정결한 수건처럼
노동의 하루를 위해
마련해 둔 작은 의자.

먼 길이 지워지고 채송화는 잠이 들고
회색빛 저녁 숲들이 노을 속에 묻힐 때면
묵묵히 뜰에 나와서
주인을 기다리는.

반도 빌딩 안내도

일층은 경양식집
이층은 커피숍
삼층은 주점
사층은 노래방

마지막 관문을 열면
야누스 모텔이 있다.

틀니

부산 일식집에서 초정을 모신 적 있다

말씀 새겨들으며 후식 차를 마실 즈음

물 담긴 큰 대접에다 틀니를 헹구셨다.

지금 내 나이 그쯤 된 것 같다

이는 아직 붕어 잔뼈도 씹어 삼킬만한데

시어는 날이 안 서서

틀니보다 더 쓸쓸하다.

3

관계

편지

스쳐만 가도 신열 나는

내 마음은 검정 실밥

젖은 옷자락 기워 눈 먼 수를 놓으면

등피에 쌓인 일력만

행 밖에서

떨다 간다.

넥타이

넥타이를 매고 나면 나는 뱀 같다
교활한 혓바닥과 빈틈없는 격식으로
상대를 넘어뜨리는 이 도시의 터널에서.

나의 너털웃음을 그는 알고 있을까
내 웃음이 꾸며주는 청록빛 넥타이 속엔
지난밤 내가 숨겨 둔 간계奸計가 있다는 걸.

넥타이는 어둠 속에서 비로소 눈을 뜬다
예리한 핀 아래 눌려 있던 욕망들이
일제히 사슬을 벗고 제 얼굴을 드러낸다.

동백꽃

　　1

나도 한 번쯤은 부르고 싶은 이름이었다

누천년 바닷물이 깎아 세운 절벽 앞에서

제 젊음

다 꺾어들고

낙하하는 저 순명을.

　　2

엄동에도 살아 청청한 아름다운 메타포여

벼린 검처럼 서슬 퍼런 잎 사이로

농염한 입술을 내미는

아, 남도의 그리움.

관계

횡선과 종선은 우연히 만났지만
그 순간 어쩔 수 없이 각도가 생겼다
각도는 원치 않았던
그들 내면의 상처였다.

그저 달무리처럼 둥글고 싶었을 뿐
빗금이 되어서라도 부딪치고 싶진 않았다
그러나 어쩔 수 없이
각도가 생겼다.

눈감으면 각도는 칼날처럼 떠올랐다
그 칼날은 밤새도록 어둠을 물어뜯으며
아침이 닿을 때까지
파도치며 울곤 했다.

기러기·2

만장처럼 젖은 글발이 하늘에 펄럭인다

저 횡서의 상형문자를 달빛에 비춰보면

추억을 현상해내는 미세한 필름이 있다.

꽃

1

꽃들은 보충질문처럼 조금씩 열려 있다
벌들은 그 문을 잘 알고 드나든다
친수성親水性 잎들이 빚은 신록 같은 이 아침.

2

스스로는 알 수 없는 생의 유한 때문에
항상 웃고 있지만 슬픈 바코드다
꼭 한번 맞고 싶었던 이 절정의 순간에도.

3

언젠가 일궈야 할 나만의 영토를 위해
상처만큼 더 깊숙이 문신을 새기며 산다
향 깊은 목숨일수록 억센 가시 세우며.

4

유통기한 지난 것들은 사체처럼 부식한다
전율과 응혈이 그 안에 담겨 있다
받은 명 곱게 익혀서 씨앗으로 남기기 위해.

밥

내 하루의 징검돌 같은

밥 한 그릇 여기 있다

내 하루의 노둣돌 같은 밥 한 그릇 여기 있다

내 한의 얼레줄 같은 밥 한 그릇 여기 있다.

네가 주인이라서 섬기며 살아왔다

네가 목숨이라서 가꾸며 살아왔다

그 세월 지난 듯도 한데 왜 아직도 배가 고프니?

산인역

8월 하순 다 낡은 국밥집 창가에 앉아

온종일 질척이며 내리는 비를 본다

뿌리도,

없이 내리는

실직 같은 비를 본다.

철로 건너편엔 완만한 산자락

수출처럼 난만하던 철쭉꽃은 지고 없는데

살아서 다졌던 생애의

뼈 하나 묻히고 있다.

바다

알몸의 저녁바다가 유리창에 어린다.
충혈된 항구의 피로 같은 노을이
어부의 구릿빛 이마 위를 바퀴벌레처럼 기어 다닌다.

달맞이꽃

작은 웃음 보이며, 맑게맑게 반짝이며
노을 속에 서 있는 산 개울가의 너는
장님이 데리고 가던
어느 딸애의 살결 같은 꽃.

해질 무렵

아침에 꽃이 피었다
맑은 이슬이 맺히었다
맺혀 있는 이슬 사이로 검은 바람이 지나갔다

이윽고 꽃잎 하나의
세상이 지고 있었다.

잎

전병같이 둥글고 따스한 봄을 기리며
물관부는 겨울에도 역사의 피를 옮겼다
마침내 어둠을 찌르는
저 일검—劍의 초록이여.

4

비누

서랍

인내를 갈무리해온 고요한 명상의 나라, 밀회처럼 숨겨온
달콤한 비밀의 나라, 희망을 가꾸기 위해 간직해온 지혜의
나라…

시든 꽃다발은 꽃다발이 아니다

또다시 빚어야 할 신생의 아침을 위해

수없이 열고 닫으며 나는 나를 다그친다.

맹인

맹인은 사물을 손으로 읽는다

손은 그가 지닌 세계의 창이다

마음이 길을 잃으면

쓸쓸한 오독誤讀도 있는…

눈 뜬 우리는

또 얼마나 맹인인가

보고도 만지고도

읽지 못한 세상을

빈 하늘 뜬구름인양

하염없이 바라본다.

비누

이 비누를 마지막 쓰고 김 씨는 오늘 죽었다.
헐벗은 노동의 하늘을 보살피던
영혼의 거울과 같은
조그마한 비누 하나.

도시는 원인 모를 후두염에 걸려 있고
김 씨가 쫓기며 걷던 자산동 언덕길 위엔
쓰다 둔 그 비누만 한
달이 하나 떠 있다.

저녁 이미지

은회색 연기들이 마을을 싸고 있었다
미처 깨닫지 못한 이승의 깊은 비애가
비워 둔 서편 하늘에 노을로 엉켜져 있고.

꽃들은 지고 있었다 또 꽃들은 피고 있었다
빈 들에 놀고 있던 하느님의 새들은
진흙과 잔가질 물고
집으로 가고 있었다.

가난한 식구를 위해 두 손을 모은 어머니
주기도문 몇 음절이 문틈으로 새어나가는
그 작은 불빛을 향해
아이들은 오고 있었다.

열쇠

세상은 고비 때마다 열쇠를 만든다
평범한 사람들은 그 열쇠를 볼 수가 없고
영악한 몇 사람만이
피 흘리며 뺏어 가진다.

시간이 지나고 보면 열쇠란 재앙 같은 것
못 가져서 평온했던 가난한 손길들이
가져서 상처를 지닌 영혼을 보살핀다.

봄비

그것은 신의 나라로
열려 있는 음악 같은 것

불타는 들을 건너서, 얼음의 산을 넘어서

돌아와
가슴에 닿는
깊은 올의 현악기

텅 빈 벤치에서도, 시멘트벽 속에서도

수없이 잊어야 했던
가난한 이름들을

이 밤에 모두 부르며
봄비는 길을 떠난다

진해역

시트콤 소품 같은 역사 지붕 위로
누가 날려 보낸 풍선이 떠 있다
출구엔 꽃다발을 든
생도 몇 서성이고.

만나면 왈칵
눈물이 쏟아질 듯한
오랫동안 잊고 살았던 그 순백을 만나기 위해
이 나라 4월이 되면
벚꽃 빛 표를 산다.

아직도 우리 주위엔 직선이 대세다

아직도 우리 주위엔 직선이 대세다
바로 지시하고 바로 반응하고
길들은 산을 뚫어도 스트레이트로 뻗어야 하고.

건물들은 눈치껏 가로 세로를 맞추고
사람들은 안전선 밖에 일렬로 서야 하고
아직도 우리 주위엔 직선이 대세다.

쉽고 편하고 강하다고 생각하지만
직선은 굳으면 칼날이 된다는데
아직도 우리 주위엔 직선이 대세다.

빈 배에 앉아

1

빈 배에 앉아 바다를 바라보니
달빛은 탄피처럼 어둠 속에 박히는데
누군가 머언 곳에서
안타까운 손을 흔든다.

제 가진 전신으로 한 하늘을 건져 내려고
제 가진 전신으로 한 바다를 건져 내려고
등대는 떨리는 손을 허공에 걸어 놓았다.

2

외로운 사람들이 파도를 지키는 동안
바다는 많은 울음을 그 가슴에 묻었지만
시대는 표정도 없이 그들을 비켜 갔다.

변기

변기를 아시나요, 짐승의 아가리 같은
엉덩이를 받쳐 드는 저 백색의 질 속에서
오늘의 욕망이 피고
그 욕망이 지는 것을.

타협하기 위하여, 진정하기 위하여
배설하기 위하여, 변절하기 위하여
변기는 놓여져 있다
필생의 테마처럼.

삶을 채근 당하는 거리의 발자국들도
햇빛을 피해 다니는 익명의 얼굴들도
한 모금 안식을 얻어 재기의 칼을 가는 곳.

봄, 부산약국

흰 까운의 여인이 햇볕을 잘게 썰어
봉지에 담고 있다 따스한 미소와 함께
어두운 사람들이 와서 그 희망을 사 간다.

꽃들은 리본을 달고 창 앞에서 하늘거리고
하늘은 약속처럼 한없이 맑아서
가벼운 신발을 신은
소녀들을 설레게 하고.

수저

목마른 길을 건너서 네가 왔다 식탁 위에

데친 배추나물 조린 잔멸치들

그것이 눈물인 것을 너는 알고 있다.

간사한 입맛과 짐승 같은 목구멍으로

한동안 네 노동은 바닥없는 탐욕이지만

땀 젖은 구두를 보면

다시 아득해진다.

5

이름

전화

저 미로의 언어들은
쓸쓸한 생의 대본

나를 관통해 간
고압의 전류들이

허공에
길을 만든다
아 부르튼
입술로.

이름

자주 먼지 털고, 소중히 닦아서
가슴에 달고 있다가 저승 올 때 가져오라고
어머닌 눈 감으시며 그렇게 당부하셨다.

가끔 이름을 보면 어머니를 생각한다
먼지 묻은 이름을 보면 어머니 생각이 난다
새벽에 혼자 일어나 내 이름을 써 보곤 한다

티끌처럼 가벼운 한 생을 상징하는
상처 많은, 때 묻은, 이름의 비애여
천지에
너는 걸려서
거울처럼
나를
비춘다.

삼랑진역

낙엽이 쌓여서

뜰은 숙연하다

노인 혼자 벤치에 앉아

안경알을 닦는 사이

기차는 낮달을 싣고

어디론가 가고 있다.

지금은 누군가 와서

차단된 가슴 사이에 두 개의 잔이 놓이고
떨리지 않는 손이 친절처럼 가득해 올 때
만남을 포기한 나는 저 가면의 잔을 쳐든다.

설익은 눈빛까지도 웃음으로 부딪쳐 와서
얼마쯤 뜻을 만드는 이 무서운 응접실에서
무수히 고용 당해 온 한 세대의 시간이여.

슬픔이 슬프지 않고 기쁨이 기쁠 수 없는
잃어버린 우리 향방의 차디찬 배경 속으로
지금은 누군가 와서 돌아가는 바람이 분다.

흉터

나를 운반해온 시간의 발자국이여
상처를 꿰매고 요오드를 바르는
가파른 생의 기록을 너는 새겨놓았구나.

서투른 보행으로 걸려 넘어지고
스스로 힘겨워 무릎을 꿇기도 했던
지금은 추억으로만 다가오는 이름 이름들.

망각이 결코 미덕만은 아니다
칠흑이 비춰주는 별빛의 형형함으로
새로운 행로를 위해
나는 너를 읽고 있다.

거울 · 3

무명의 시간들이 익사해 간 거울 속에는
분홍으로 가려 있는 추억의 창도 있지만
빗질을 하면 할수록
헝클리는 오늘이 있다.

그러나, 아침마다 잠이 든 넋을 위해
누군가 힘껏 쳐 줄 종소릴 기다리며
우리는
거울 앞에서
머리를 빗어야 한다.

비가 오고 서리가 오고 국화꽃이 길을 열고
우리 맞는 계절은 늘 이렇게 조화로운데
거울은
무슨 음모에
또 가슴을 죄는 걸까.

가야산

겨울은 늘 푸른 잎만

가신처럼 거느렸구나

저 세속의 길이 날라온 얼룩을 바라보면

철없이 몸에 감았던 분홍紛紅이 부끄럽다

계곡 아래서 나는 불을 쬐고 있다

외투처럼 그 온기가 어깨를 다독일 때면

섭생의 도를 안내할

한 스님이 닿으리라.

링

와지마 고이찌를 아는 이는 별로 없다
그를 쓰러뜨렸던 유재두도 마찬가지다
시간은 지난 영웅을 빠르게 지워버린다.

그러나 도처에 사각의 링이 있다
부지런히 팔을 내밀어 자신을 지키거나
의외의 펀치를 맞고 쓰러지는 경우뿐인.

오늘 또 준비 없이 링 위에 올라야 한다
나를 옥죄어 오는 피치 못할 옵션 때문에
생애의 스파링이란
가파르기 검과 같다.

잔

기다리며 마실수록 잔은 말이 없다
생각하며 마실수록 잔은 말이 없다
헐벗은 마음일수록 잔은 더욱 말이 없다.

닿으면 되살아나는
무형의 언어들을
이 적요의 공간 속에 한없이 풀어놓는 일
그대와 내가 가꾸는
절제의 온유함이여.

잔나비

강 건너 대숲 뒤엔 잔나비가 살았다
물 많던 시절에 한 메기 잡아
그 잘난 사람들 따라 잔나비는 서울로 갔다.

몇십 년 살다 보면 사람과 뭐 다르리
잔나비사 오늘도 휘파람을 불지만
묘하게 넘긴 처세가 이마를 벗겨놓았다.

버들리·2

벤치에 앉으면 누구나 신도가 된다

사제司祭는 없다

눈앞엔 바다뿐이다

초록을 찢어서 만든

불타는

경전의 바다.

이명

가려서 들을 수 없는 귀의 숙명이여

오늘은 문 닫아 걸고 제 한恨의 소리로 운다

이 세상 마른 갈밭을

휩쓸고 가는 바람 소리.

1946년 경남 창녕군 부곡면 부곡리에서 한학자 부 이광화 씨와 모 차진순 씨 사이의 8남매 중 일곱 번째로 태어남.

1953년 부곡초등학교에 입학했으나 팔 부상으로 자퇴함.

1954년 재입학하여 1960년 부곡초등학교를 졸업함.

1960년 부곡중학교에 입학함. 1963년 졸업함.

1963년 밀양 세종고등학교에 입학함. 1966년에 졸업함.

1967년 경북대학교 사범대학 사회교육과에 입학함(역사 전공). 이때 문우 서종택을 만남. 육군에 입대함(원주, 서울, 증평, 서산, 태안 등에서 병영 생활을 함).

1970년 육군 제대와 동시에 경북대학교에 복학함.

1971년 학보에 발표된 작품 「엽서」「코고무신」 등에 대한 김춘수 교수의 격려로 문학에 뜻을 굳힘.

1972년 손병현, 이동순, 이현우 등과 동인지 「선실」을 창간하여 2집까지 펴냄. 대구 '전원다실'에서 시화전을 함. 김춘수, 권기호 교수의 격려가 큰 힘이 되었음. 이해에 ≪월간문학≫에 투고, 당선되었으나 심사위원 이영도 선생의 권유로 이듬해 ≪현대시학≫에 「이슬」「지환」「편지」「설야」「도리원 주변」 등의 작품으로 3회 추천을 받음.

1973년 ≪현대시학≫ 등단, '낙강' 가입. 동인지 ≪現代律≫ 창간 멤버로 활약, 이때 문우 박시교, 유재영을 만남.

1974년 경북대학교를 졸업함.

1976년 이광자와 결혼함. 그해 아들 남중南中이 태어남.

1977년 부 한학자 송파 이광화 선생 타계. 첫 시집『지금은
   누군가 와서』를 학문사에서 펴냄.

1979년 딸 혜진惠眞이 태어남.

1981년 시집『빈 배에 앉아』를 흐름사에서 펴냄.

1982년 마산시조문학회를 결성함.

1983년 윤금초, 박시교, 유재영 등과 사화집『네 사람의 얼
   굴』을 문학과 지성사에서 펴내고, 이 시집에 실린
   작품「비」로 중앙일보사 제정 제2회 중앙시조대상
   신인상을 유재영과 함께 수상함.

1984년 시조평론집『현대시조의 쟁점』을 나라에서 펴냄.

1985년 제8회 마산시 문화상(문학 부문)을 수상함.

1988년 시집『저녁 이미지』를 동학사에서 펴냄.

1989년 평론집『우수의 지평』을 동학사에서 펴냄. 마산시
   조문학회를 경남시조문학회로 개칭하고 회장이 됨.
   제8회 성파시조문학상을 수상함. 제11회 정운시조
   문학상을 수상함.

1991년『현대시조 28인선』을 장석주와 같이 청하에서 펴냄.

1992년 모 차진순 여사 타계. 경남신문 신춘문예 심사위원
   이 됨.

1993년 경남신문 신춘문예 심사위원이 됨.

1994년 제33회 경상남도문화상(문학부문)을 수상함.

1995년 1980-90년대 괄목할 만한 시인의 사화집『다섯 빛깔의 언어 풍경』을 윤금초와 함께 동학사에서 펴냄. 중앙일보사 제정 제14회 중앙시조 대상을 수상함. 경남신문 신춘문예 심사위원이 됨.

1996년 마산문인협회 회장이 됨. 시집『사전을 뒤적이며』를 동학사에서 펴냄.

1997년 《시조시학》 제2대 주간이 됨.

1998년 시조산문집『나는 아직도 안녕이라 말할 수 없다』를 이행수 교수와 함께 영언문화사에서 펴냄. 매일신문 신춘문예 심사위원이 됨.

1999년 매일신문 신춘문예 심사위원이 됨.

2000년 제10회 이호우시조문학상, 경남문학상을 수상함. 시선집『그대 보내려고 강가에 나온 날은』을 태학사에서 펴냄. 매일신문 신춘문예, 경남신문 신춘문예 심사위원이 됨.

2001년 평론집『젊은 시조문학 개성 읽기』를 도서출판 작가에서 펴냄. 매일신문 신춘문예 심사위원이 됨.

2002년 제6회 경남시조문학상을 수상함.

2003년 반년간 문예지 ≪서정과현실≫ 창간호를 도서출판 작가에서 펴내고 편집인이 됨. 시집『맹인』을 고요아침에서 펴냄. 밀양공고 교장으로 승진함. 경남문인협회 회장으로 선출됨. 제40회 한국문학상을 수상함. 동아일보 신춘문예, 중앙일보 신춘문예, 매일신문 신춘문예 심사위원이 됨.

2004년 진해고등학교 교장으로 부임함. 시선집『지상의 밤』을 시선사에서 펴냄. 문예지 ≪서정과현실≫ 2,3호 펴냄. 동아일보·중앙일보 신춘문예 심사위원이 됨. 이호우, 이영도 시조문학상 심사위원이 됨.

2005년 ≪서정과현실≫ 4,5호 펴냄. 이호우, 이영도 시조문학상 심사위원, 경남신문·국제신문·중앙일보 신춘문예 심사위원이 됨.

2006년 오늘의 시조학회 회장이 됨. 경남문인협회 회장에 재선됨. 김해대청고등학교 교장으로 부임함. ≪서정과현실≫ 6,7호 펴냄. 중앙시조대상 및 신인상 심사위원. 경남신문·국제신문 신춘문예 심사위원이 됨.

2007년 오늘의시조시인회의 회지 ≪오늘의 시조≫를 창간하고 젊은 시조시인상을 제정 시상함. ≪서정과현실≫ 8,9호 펴냄. 경상남도 밀양교육청 교육장으로 취임. 중앙시조대상 및 신인상 심사위원. 경남신문·국제신문 신춘문예 심사위원이 됨. 딸 혜진 결혼 (사위 김태성)

2008년 오늘의시조시인회의 의장으로 재선됨. ≪서정과현
실≫ 10,11호 펴냄. 제28회 가람시조문학상 수상.
경남신문 · 부산일보 신춘문예 심사위원이 됨.

2009년 밀양교육장을 끝으로 교직 퇴임. 시조집『나를 운
반해온 시간의 발자국이여』를 천년의시작에서 펴
냄, 경남신문 신춘문예 심사위원이 됨. 이호우, 이
영도 시조문학상 심사위원이 됨. ≪서정과현실≫
12,13호 펴냄.

2010년 경남문학관 관장으로 취임함. 국제신문 신춘문예
심사위원이 됨. ≪서정과현실≫ 14,15호 펴냄.

2011년 김상옥시조문학상을 수상함. 경남신문 신춘문예,
가람시조문학상 심사위원이 됨, 경남문학관 퇴임.
≪서정과현실≫ 16,17호 펴냄.

2012년 한국시조시인협회 이사장 취임. 한국시조시인협회
기관지 ≪시조미학≫ 창간. 윤금초, 박시교, 유재영
등과 사화집『네 사람의 노래』를 문학과지성사에
서 펴냄. 부산일보 신춘문예 심사위원, 가람시조문
학상, 이호우 이영도 시조문학상 심사위원이 됨.
≪서정과현실≫ 18,19호 펴냄.

2013년 경남신문 신춘문예 심사위원이 됨. 시조집『주민등
록증』을 고요아침에서 펴냄.

　한국 현대시 100년의 금자탑은 장엄하다. 오랜 역사와 더불어 꽃피워온 얼·말·글의 새벽을 열었고 외세의 침략으로 역경과 수난 속에서도 모국어의 활화산은 더욱 불길을 뿜어 세계문학 속에 한국시의 참모습을 드러내게 되었다.

　이 나라는 글의 나라였고 이 겨레는 시의 겨레였다. 글로 사직을 지키고 시로 살림하며 노래로 산과 물을 감싸왔다. 오늘 높아져 가는 겨레의 위상과 자존의 바탕에도 모국어의 위대한 용암이 들끓고 있음이다.

　이제 우리는 이 땅의 시인들이 척박한 시대를 피땀으로 경작해온 풍성한 시의 수확을 먼 미래의 자손들에게까지 누리고 살 양식으로 공급하는 곳간을 여는 일에 나서야 할 때임을 깨닫고 서두르는 것이다.

　일찍이 만해는 「님의 침묵」으로 빼앗긴 나라를 되찾고 잃어가는 민족정신을 일으켜 세우는 밑거름으로 삼았으며 그 기룸의 뜻은 높은 뫼로 솟아오르고 너른 바다로 뻗어나가고 있다.

　만해가 시를 최초로 활자화한 것은 옥중시 「무궁화를 심고자」(≪개벽≫ 27호 1922. 9)였다. 만해사상실천선양회는 그 아흔 돌을 맞아 만해의 시정신을 기리는 일의 하나로 '한국대표명시선100'을 펴내게 된 것이다.

　이로써 시인들은 더욱 붓을 가다듬어 후세에 길이 남을 명편들을 낳는 일에 나서게 될 것이고, 이 겨레는 이 크나큰 모국어의 축복을 길이 가슴에 새겨나갈 것이다.

한국대표명시선100 | 이 우 걸

어쩌면 이것들은

1판1쇄 인쇄 2013년 6월 1일
1판1쇄 발행 2013년 6월 5일

지 은 이 이 우 걸
뽑 은 이 만해사상실천선양회
펴 낸 이 이 창 섭
펴 낸 곳 시인생각
등 록 번 호 제2012-000007호(2012.7.6)
주   소 경기도 양평군 옥천면 고읍로 164
          ㉾476-832
전   화 (031)955-4961
팩   스 (031)955-4960
홈 페 이 지 http://www.dhmunhak.com
이 메 일 lkb4000@hanmail.net

값 6,000원

ⓒ 이우걸, 2013

ISBN 978-89-98047-43-6 03810

※ 이 책은 만해사상실천선양회의 지원으로 간행되었습니다.